Ein Jahr aus der Nacht gesprochen

Umschlaggestaltung unter Verwendung von
Adam Elsheimer, Die Flucht nach Ägypten
Bayerische Staatsgemäldesammlung,
Alte Pinakothek, München
Druck: CPI Moravia Books, Pohorelice
ISBN 978-3-902497-80-2

PETER HANDKE

Ein Jahr aus der Nacht gesprochen

JUNG
UND
JUNG

„Es ist selten, daß ich zurückgekehrt bin.“ – „Il y a un mariage à Corbeau“

„Kennen Sie die Abwesenheit?“ – „Ich habe den Film in Trappes gesehen. Prachtvolle Gruppe!“

„Im hohen Gras wirst du gerettet“

„Damals war mir von Ungarn noch kein Unrecht geschehen“

„Ein Mensch, der vom Schadensstoff weiß“

„Schau doch! Schau! … Du hast nicht geschaut …“

„Von unten, immer von unten!“

„Die Priester haben ja viel Platz“

„Sollen wir’s noch einmal versuchen, Frau?“

„Du brauchst nur zu vergleichen, wie und wo einer war“

„Kind, du bist so schwach!“

„Ich war einmal bei den Saudis. Das Dorf hieß Nakschut“

„Weiß fliegt vorbei“

„Keppelt ihr immer so?“

„Ich habe einige Fragen: ‚Wann wird mein Bruder wieder nachhause kommen?'"

„Der Poet wohnt in einem einzigen Garten"

„Die Rose ist die vertikale Prozession"

„Unser Vater hat gesagt: ‚Das ist kein Liebesfilm!'"

„Es gibt keine Zimmer mehr"

„Hören wir auf mit dem Gas!"

„Sie gehört zu denen, die bei einer Panik zu Tode getrampelt werden"

„Wo ist er, der Scheißball?“

„Am Ende werde ich etwas sagen, ein bißchen“

„Manchmal, wenn man redet, redet man immer weiter“

„Achtung, Steinschlag in der Pallavicini-Rinne!“

„Das war ein schönes Tor. Aber wozu?“

„Ich gehe zur Alaska Range!“ – „Sag’s nicht, geh!“

„Die Woche über spielen sie Ping-Pong, am Samstag spielen sie Pong-Ping.“ – „Ja, die Wespen leben in Ketten.“

„Man sagt, daß die Knappen ungern einfahren“

„Unser linker Verbinder hat Krebs“

„Eine Wochenkarte nach New York, bitte!“

„Herr Jugendorganisator, hörst du mich?"

„Sind Sie der, der hinter der grauen Holzhütte mir ein Gedicht vorgetragen hat?"

„Gerhard Meier, du könntest mir auch einmal erscheinen!"

„Und da erst habe ich bemerkt, daß …“

„Da bist du ja endlich! Und wo sind die anderen Schüler?“

„Alle waren ewig – er allein war off“

„Der Papst weiß sicher, daß er verdammt ist“

„Da wird ja ein ganzes Schloß transportiert“

„Du bist es nicht, du bist es nicht!“

„Die Kinder haben sich über ihn lustig gemacht, aber nicht zu sehr“

„Heute habe ich dein Gesicht noch nicht gesehen“

„Drei Kinder erschreckten gestern eine Schlange in Katalonien“

„Auch ein Schweizer schafft das nicht"

„Schon wieder eine Soße – aber eine ganz andere"

„Eine Gegend ohne Produkte – wie kann man die liebhaben?"

„Und so wanderten wir weiter auf die baumarme Wildnis zu"

„An jenem Morgen in Bor war ich unsterblich“

„Vor lauter Neid wartet man“

„Ein bißchen gibt’s uns, und dann gibt’s die anderen“

„Schau, der schönste aller Kinderwagen: ein Einbaum! Ein Kind, gefahren in einem Einbaum!“

„Wie finde ich dich?" – „Ich habe einen Schlüssel"

„So ist es halt, wenn eine Frau ihre Toilette macht"

„Die zweite Mahd steht euch bevor, ohne die Blumen"

„Ich bin entthront“

„Es ist windig hier.“ – „In jeder Hinsicht.“ – „Was machst Du heute Abend?“ – „Ich fahre nach Lenbach.“ – „Wo ist Lenbach?“

„Vielleicht schaffen wir es noch bis zum 11. Platz“

„Ich kann diese Österreicherin nicht erreichen“

„Er hat mich vierzehn Kilometer auf den Weg geschickt, das hat mich ganz schön gezupft“

„Ein Kind liegt in seinem Blut, und ein Erwachsener kniet in seinem Blut“

„Bitte, ein Taxi zur Bergstation!“

„So schön im Garten. Komm!“

„Ich und Gras, wie leicht ist das“

„Er hat den Kopf eines Hadsch.“ – „Nur hinten sind zu viele Haare, schade“

„Ich bin total verwirrt von meinem Selbstversuch“

„Niemand will was von mir. Die Kultur muß sich ändern!“

„Es bringt weiter, sich zu wiederholen, wenn es der Fall ist“

„Die Tore, die ihr geschossen habt, reichen nicht für ein gemeinsames Essen“

„Ein paar Steinchen muß ich noch aus meinem Portemonnaie tun“

„Und der Flug nach Vaukas, wann geht der?“

„Du sagst ihnen: ‚Die Erdbeere ist rot', und sie werden sagen: ‚Ich versteh' nichts'"

„Hier unser Angebot des Tages, aufgefächert nach gelb, grün und grau"

„Bist du noch eine Jungfrau?" – „Willst du mich töten?" – „Ich gehe uns einen Tisch reservieren"

„Zehn Jahre später hat der Heilige Florian mein Haus angezündet, und die Kinder lagen dahinter“

„Die beiden haben zusammengefunden, das ist eine Tatsache“

„Man sagt, wenn die Wünsche nicht wahr sind, werden sie einsichtig“

„Statt Lakaien Bimssteine, statt der Küche Besenzimmer ohne Besen“

„Wer hat mein Glas weggenommen?“

„Du bist so, wie der Eindruck, den du hinterläßt“

„Das Meer, die Stimme der Zeit, die Stimme des Liliputaners im Rücken“

„Du bist mein Untergang, aber es gibt Schlimmeres“

„Der gehört zu den Befreiten Völkern.“ – „Um Gottes Willen!“

„Du sollst ganz anders in unsere Schule kommen!“

„P. H. im Neunten Land?“ – „Neunmal kennt er das Land nicht“

„Ob ich das Kreuzworträtsel noch schaffe?“

„Am Abend mußten wir mit einem Guglhupf ins Dorf gehen.“ – „Annäherung macht Fremde“

„Columbo ist nicht mehr bei uns. Und wir sind auch nicht mehr bei uns“

„Ein Held ist nicht, wer euch verdreht“

„Ob ich weiterlese? Das ist die Frage“

„Wie schreibt sich ‚Bondy‘?“ – „Wie Bondy“

„Sie ist so durcheinander, sie würde jemanden brauchen zum Dabeiruhen“

„Höhlenzeichnungen im Freien, draußen im Wald – gibt's denn so was?" – „Ja, schau, in Anif!"

„Es ist alles viel einfacher ohne Kapitelzahlen"

„Wie schön waren die Treffen ohne Literaturveranstaltungen!"

„Erst gehen wir unsere Sachen holen, aus der Wachau, aus dem Jahr fünfzehnhundertvierzig!"

„Und wie gehen wir weiter vor?"

„Er ist gerade zum zweiten Mal geboren worden, diesmal aber –"

„Zum letzten Mal schauen deine Eltern, als Beduinen verkleidet, vom Rand aus zu“

„Bist du sicher, daß die beiden Franzosen dabei sein sollen?“

„Eingesperrt in einen Teufel aus Glas war ich“

„Wie am Ende des Kapitels den Hund vermeiden?“
– „Ihn überspringen“

„Die Bergkante ist nicht gut für dein Gedicht“

„Jemand erzählte von Clamart. Ah, das war ja ich selber! Aber ich hatte einen gotischen Vorläufer“

„So klein ist sie, und tscherfelt schon“

„Ich finde ihre Schrift nicht unter all der meinen.“ –
„Wer findet ihre Schrift?“

„Sein neues Buch hat sich in ein Fettauge verbissen“

„Der Vater konnte nicht in Zahlen denken, wie seine Töchter“

„Und wieder ein Kapitel mit einem Herzkranken am Steuer“

„Du bist mit ihm? Das ist ja fast so schlimm, als wärst du mit mir.“ – „Morgen wirst du geköpft“

„Schau, der haut ab!“

„Niemand hätte gedacht, daß ich so lange bleibe“

„Da, der Dalai Lama auf seinem Bergkanapée“

„Ich muß Sie enttäuschen, es fährt kein Zug.“ – „Recht so für heute“

„Am liebsten habe ich die Zwetschkenbäume, die wilden, die vor dem Tennentor wachsen und dieses zuhalten“

„Da liegt er nun. Wem würde er fehlen? Wem würde er nicht fehlen?“

„Ich werde es euch sagen, aber nicht heute“

„Und um ihn zu trösten, hast du ihm den Schwanz geleckt“

„Soll ich dir alle deine Verrisse nach Breslau schicken?“

„27 Euro!" – „In Barcelona kostet eine Flasche 40 Euro, Claude!"

„Solange die Triestiner zur Schwedin sagen: ‚Wie geht es? Schöner Tag heute?': kein Problem. Sowie sie aber fragen: ‚Wie gefällt es Ihnen bei uns?' …"

„An Sizilien sehen wir das Wesen der Vergeblichkeit"

„Die Schlange dort am Ende der Straße spielt Vision"

„Gehen wir zum Wasser, es gliedert!"

„Kusch dich, Krüppel!"

„Die mit den Kranken hier fliegen, wie können sie später eine Frosch fangen?"

„Die Deutschen siegeln deutlich ihr Denken"

„Die Menschen verschwinden, und die T–Shirts bleichen aus"

„Als ich Reiser damals begegnete, nahm er mich irrtümlich in sein Werkbuch auf"

„Sie redet, und er rät die Zeit“

„Irgendjemand muß auf das Feuer aufpassen!“

„Angst! Über Nacht abstürzen, und am Ende des Quais die Stummheit“

„Mein Großvater lebt noch“

„Gott springt in Plastikfetzen zwischen den Autos über die Straße“

„Dem Text geht es nicht gut“

„Dunkel ist er hinein, hell wieder heraus“

„Du bist die Betrübte“

„Du bist du, und so schreibst du!“ – „Wo ist mein Brot?“

„Die Weinbergforellen … ja, und die Achsen der Chemotherapie“

„Diese Zehe muß abgeschnitten werden!“

„Die Schatten unserer Köpfe auf der Leinwand – unmöglich“

„Zu spät. Alles zu. Was machen wir? Zu mir können wir nicht“

„Kein Dritter hätte getan, was Sie für mich getan haben“

„Erst gehe ich Holzprügel sammeln, und dann gehe ich die Quatorze abholen“

„Das Hemd reißt im kalten Wasser“

„Dein Gesicht riecht so nach Seife“

„Im Erdbraun alle Farben; plötzlich vielversprechender Karfreitag“

„Ein Hellboy muß umarmen“

„Kennen Sie den ‚Siebenkäs‘?“ – „Von Jean Paul!“ – „Ich möchte ihn verfilmen“

„Es wird Nacht werden beim Gehen.“ – „Kein Wunder, das ist ja ein Trauma“

„Ich gebe nicht auf.“ – „Ich auch nicht.“ – „Was für eine Fahrt!“

„Gibt es hier Züge?“ – „Bei der Kohlenhalde draußen können Sie vielleicht noch einen finden“

„Nimm mich am Schopf für einen anderen Stern!“

„Er hat sich den Arm abgehackt und sich zum Sterben gelegt"

„Und haben die anderen dir zugehört?" – „Die Lehrerin hat sie so angeordnet, daß sie mir zugehört haben"

„Provozier mich nicht, Liebling!"

„Und dann hat sie mich gefragt: ‚Vater, ruderst du noch?'"

„Jan Skácel ist ohne Ausweg"

„Sie sagen, bei ihnen wird High Life zu Wild Life"

„Sie hat sich hingelegt in der Absicht, im Liegen zu sich selber zu finden"

„Das Verb rührt euch tief auf"

„Ich bin schon gespannt auf das Rendez-vous auf Seite Sieben." – „Ja, willst du denn die ganze Marmelade lesen?"

„In Triest sich umziehen für die 1. Klasse!"

„Ist mir egal, ich tu es auch außen“

„Ich verstehe Kärnten immer noch nicht“

„Er spricht, als ob er eine These vorbereitet.“ – „Nein, er ist einfach nur ernsthaft. Solche gibt es“

„Sie braucht zwanzig Sekunden zum Fallen, unsereiner liegt in einer Sekunde am Boden“

„Das ist das Problem meines Lebens.“ – „Na und?“

„Er kommt vom Unkrautausreißen auf dem Schneeberg“

„Der Ball der Müllabfuhr hat Platz zu machen dem unsrigen." – „Heute gehen wir nicht in die Messe"

„Guten Tag, ich bin der neue Nachtwächter. Man hat mich alleingelassen. Ich bin eingeschlafen"

„Sie haben mir das Demenzserum injiziert"

„Es waren Mädchen auf der überschwemmten Wiese vor der Schule. Aber sie war mir nicht dabei“

„Darf ich da hinauf?“ – „Ja, aber nicht bis aufs Dach!“

„Polizei, schnell! Ein Mann liegt in der Allee.“ – „Ist er tot?“ – „Weiß nicht“

„Der Bahnhof von Düsseldorf wird nie das Zentrum der Welt sein“

„Weder links noch rechts – hier sein“

„Konsonant des Friedens und Konsonant der Liebe?“ – „m“ – „?“

„Ich persönlich habe kein Bedürfnis mehr, gesegnet zu werden“

„Tu nichts – nimm deinen Platz ein“

„Siebzehn Jahre wird es dauern, bis ich gehe …“

„Was suchst du da unter den Kastanien?" – „Alice." – „Da!" – „Nein, diese Kastanie ist zu alt, das kann nicht Alice sein"

„Sag nicht dauernd ‚Bravo!' zu mir!" – „Arschloch!" – „Ja, nenn mich lieber ‚Arschloch', oder ‚Winterbierhaus' oder ‚Schlaganfall'!"

„Das Schild AUSGANG – ist es nicht veraltet? Sollte man es nicht durch ein anderes ersetzen?" – „BRAUN dagegen ist nicht veraltet"

„Brad Pitt bei der Müllabfuhr!“ – „Und der tut, als wär’ das normal!“

„„… enthält zwischen 20 und 70 Prozent Infantizide“

„Wo sind wir hier?“ – „In der Bar.“ – „Und wie heißt sie?“ – „„Morgenland“‘

„Ich muß zu dem Buch. Es ist mein Alles. Nein, stimmt ja gar nicht“

„Man nennt sie die Epische Republik.“ – „Warum?“ – „Darum“

„Als ich Napoleon zum ersten Mal gesehen habe, wie auch immer, hat er gezittert“

„Mit Ihrem Schlangenbiß weitwandern?“

„Lange genug sind wir im Schnee gesessen. Wandern wir aus!“

„Das Verhalten der Männer hat sich stark verändert, außer wenn sie lieben“

„Wer hat meine Brille zerbrochen? Ich brauche sie." – „Wofür?" – „Für den Drehkäfig. Es kommt eine schwere Zeit"

„In einer halben Stunde kann deinem Herzen überhaupt nichts nützen"

„Im Herbst dann fand er sich in Thessaloniki … Durch ihn verstrickte sich das Gericht in kambodschanische Zustände … So … Pot!"

„‚Ich habe Heimweh nach der Schönheit‘, sagte Mascha, seine Frau“

„Du gehst dahin im Anzug wie einer im Rollkragenpullover.“ – „Ja, bin ich denn ein Mittelschulprofessor?“

„Was ich mag: Nightclubs, Vorspeisen und Raben.“ – „Lädst du mich ein?“ – „Jetzt müssen wir was trinken, wo wir unsere Namen spüren!“

„Die Insel La Réunion möchte das Wien des Indischen Ozeans werden"

„Sie verlangt, das Seufzen der Wolkenkratzer zu hören"

„… und alles war ein Hauch, ganz kleiner Hauch …"

„Das Perfekt!“ – „Und jetzt?“

„Ich Dümmster der Dummen! Warum habe ich mir bloß keine Riesenphiole gekauft, so hätte ich die ganze Woche keine Sorgen“

„Gibt es immer noch die Verordnung, daß den Idioten die Hinterzimmer verboten sind?“

„Kein Erbarmen auf der Brücke über die Drina, und dreimal kein Erbarmen auf den drei Brücken über die Ljubljanica!"

„Hallo, Herr von Ingrimm!"

„Wie kann sich ein Kärntner Hiasl einbilden, mit seinem Design die Welt aufzufrischen?"

„Wir Bergleute sind ja von einem anderen Planeten, und an einem Tag wie dem heutigen fehlt er uns“

„Sie wollte nicht mehr hinaus auf den Laufsteg, den kalten, der bei ihnen den Namen ‚Zimtstange‘ hatte“

„Das Schöne erblickt,
der Alpdruck besiegt,
Sich in die nächste Felshöhle begeben
und die Kopflast beheben!“

„Lüpf den Blocker und erzähl. Du kannst wieder auf das Dach hinauf!“

„Die Männer auf den Dächern,
die Frauen hinter Fächern,
die Frauen vor und nach dem Kämmen,
die Männer vor der Tafel mit den Schwämmen“

„Der Hirte im Speisewagen hat gesagt, daß er noch nie so viel im Wasser war wie in diesem Winter.“ – „Um die Schafe herauszuholen?“ – „Ja.“ – „Alles kommt wieder“

„Und Herzeleid ist mehr als Herzeleid“

„Das meiste ist weggeschwemmt. Aber für euch gibt es noch schöne Reste“

„Ich werde ab Herbst in Graz Luftwissenschaft studieren. Rufen Sie mich an!“

„Er hat die Hand in den Fluß der Träume gesteckt und sie trocken wieder herausgezogen“

„Viel zu weich der Ball. Habt ihr denn keinen anderen?“ – „Spielen wir, so lang es geht“

„Seltsamer, du bist so schwer zu durchschauen.“ – „Du willst mich also durchschauen?“

„Heute abend ist ein Gewitter angesagt.“ – „Zwischen deinen Beinen“

„Das Blatt aus dem Heft reißen! Wenn nicht: weg von der Schule!“ – „Und ihr wollt Lehrer sein, so ohne Güte?“ – „Ja, ohne Güte. So ist das heute“

„Seit ich dich kenne, blutest du“

„Den großen amerikanischen Roman wolltest du schreiben. Und jetzt das …“

„Ich habe mir diese Frau extra für die Nacht ins Haus gebracht, Gemahlin. Und jetzt beleidigst du sie“

„Husserl hat uns verdorben. Nicht die Phänomene, sondern die Konstruktion! Und nicht ich ernähre mich von der Substanz – die Substanz ernährt sich von mir.“ – „Woher hast du das?“ – „Ich habe heute morgen Edgar Allen Poe gelesen“

„Deine Schuhe stammen von den Texasrangern ab. Sie sind über den Himalaya zu uns gekommen und haben ihre Legitimität verloren. Es gibt die Überlegung, sie für null und nichtig zu erklären“

„Du wirst im Sterben vollkommen inkohärent sein.“ – „Wer weiß.“ – „Ja, wer weiß.“ – „Wer spricht da?“ – „Die Kompanie von Brügge.“ – „Ja, der Wind hat immer recht“

„Du kommst über die Kuppe zum Ufer gelaufen, und dein Schatten läßt aus dem Wasser einen Fisch aufspringen. So etwas Inniges, so eine Form hast du noch nie gesehen! Und daran kannst du in der Sonne die Existenz anschauen“

„Morgen ziehe ich dir das Wägelchen den Hügel hinauf – oh, ich habe vergessen, morgen ist ja Sonntag. Aber geh nur, geh, der Weg zum Paß ist steil und dissonant“

„Das Dorf darf Dorf sein“

„… und zuletzt dann noch jener, der auch etwas sagen wollte“

„Mademoiselle Jewa, seit wann haben Sie Asyl hier in Frankreich?“

„Sie wäre die einzige gewesen, bei der man verstanden hätte, daß …“

„Damals hast du dich doch als Caspar David Friedrich am Meer photographieren lassen? Warum zerreißt du das Photo jetzt?“

„Am schönsten ist doch das Ineinanderstecken.“ – „Ja, auf dem Fahrrad.“ – „Wirklich?“

„Ich hab’ solch eine Sehnsucht nach einer Frau, in allen Fenstern habe ich die Fahnen ausgehängt“

„Bei meinem Gehen in den Seitenstraßen lernte ich zwei Sorten von Männern kennen … Und danach auf der Hallelujastraße in die Ortsmitte!“

„Ich weiß von dir alles: Du schläfst in einem Rundbett, und einmal wirst du den Großen Topf gewinnen." – „Und was weißt du noch?" – „Sambesi ist eine Stadt in Nordmontenegro. Aber geographisch gehört es zu Italien"

„Ich habe dich aus den Flammen gezogen. Oder du mich aus dem Gasbereich. Im Kokosmattenhotel oder wo. Oder war das ein Widder?"

„Schaut so ein Heimweh aus?"

„Schau, die Bohrtürme in der Nordsee." – „Aber das sind doch bloß die Ähren des Spitzwegerich zwischen den Steinplatten!" – „Gehen wir ins Zimmer!" – „Ja, aber zeigen wir uns nicht auf der Terrasse!"

„Wie der Held ist? Er ist … Ah, bis man all die Wintersachen ausgezogen hat! Und dann erst das Wintergesicht!“

„Es gibt eine Neuigkeit: der alte Totengräber ist verschwunden. Er hat sich ungeschehen gemacht. Oder war das sein Zwillingsbruder?“

„Das Unternehmen hat seit November keinen Eilbrief ans Finanzamt geschickt“

„Mutter, willst du nicht zu mir kommen?"

„Gase, kalte Luft und alleinlebende Frauen drehen links." – „Das habe ich nicht gewußt"

„Da haben wir kochen gelernt – nein, in-der-Küche-sein"

„Auch der Schauspieler XY trägt auf der Bühne öffentlich ein Kruzifix am Hals, und niemand hat sich beschwert“

„Jeden Tage gehen mehr in den Krieg, und sie kommen alle von der Insel Bond“

„Tödlein
Friedensrichterlein,
Zünglein an der Waage:
Auf geht's!“

„Haha!“ – „?“ – „Dort drüben am Zaun eine Magd, die hinrichtet. Haha!“

„Du bist dazu da, daß man natürlich und wesentlich dasitzt“

„In dieser Richtung wird heute nacht die Böse grau in grau noch einmal auferstehen“

„Zadek sagt, er erzähle einer jeden neuen Geliebten alle seine vorigen.“ – „Ja, und Jane Birkin hat noch nie Einkäufe gemacht“

„Ihr seid nicht das Volk. Weg mit dem Volk!!“

„Ein Taxi jetzt in der Nacht, in der Vorstadt?“ – „Doch, da ist ein Stand, vollbesetzt, unter den Kastanien, in der Dachauer Straße“

„Merkwürdig, daß die besten Schwimmer immer die sind, die das am meisten brauchen“

„Sämtliche wilden Tiere der Insel sind im selben Moment geboren. Gemeinsam sind bei allen die Fruchtblasen geplatzt, mit einem einzigen Knall. Seitdem sind alle touristischen Karten hier falsch, auch die beim Fahrer im Nachbarbus“

„Dieses Haus da am Meer ist nichts für eine Filmszene. Ich könnte es auch nicht malen. Und es ist auch nicht zu beschreiben." – „Ja, so wird auf Mallorca für alle Deutschen gebaut"

„In die Sense des Gegenspielers greifen, und wer als erster blutet, hat verloren." – „Oder den andern mit Weihrauch anblasen." – „Ja, jeden Tag stehen in der Zeitung neue Todesarten"

„Die Steine beginnen zu stumpfen,
die Buchstaben beginnen zu dumpfen,
Zeit zu gehen, Berliner!“ –
„Wo ist mein Reisekimono?“

„Den Menschen bedeutet die Mitternacht viel. Aber wenn sie dann da ist – nichts als ein ‚Die Mitternacht, hm‘“

„Der Frauenmörder wurde wieder gesichtet: kantiges Gesicht, harte Augen. Aber die Frau an seiner Seite hat niemand beachtet“

„Und wie geht’s mit uns beiden weiter, Liebe?“ – „Gar nicht. Wie von Anfang an, Lieber“

„Du legst das Farbband für die Schreibmaschine ein wie für eine Filmrolle." – „Ist sie ja auch." – „Und du stößt dabei die Luft aus wie ein Läufer." – „Bin ich ja auch." – „Und du zählst dabei bis elf." – „Wie die Sprossen der Himmelsleiter"

„Der Schwanz der Eidechse am Wegrand zeigt auf den Horizont.“ – „Ja, aber nur, wenn sie ihn hebt“

„Nächtelang brannte in deinem Zimmer das Licht. Von der ganzen Kaserne wurdest du als hochherzig eingestuft. Dann aber hat man dich abgeschoben.“ – „Wie hieß doch der Platz?“ – „Ja, hast du denn dort nicht gelebt?“ – „Ich hab’s versucht“

„Es ist ja normal, bespickt zu werden mit Schmerzen – aber nicht von dir“

„In Frauentoiletten zu gehen, ist nicht meine Sache. Aber warum sage ich das? Sie haben mich doch gar nicht danach gefragt“

„Auf dem Packsattel herrscht Sturm, und im Morgenbus Graz–Klagenfurt sind die Kinder gegen die Scheiben geworfen worden, und die sind zersplittert. In die nächsten Busse können die Eltern miteinsteigen als Begleitpersonen, um Ballast zu machen. Allerdings sind weitere Busse fraglich, wir sind ja in der Fußwaschwoche. Habe ich mich klar genug ausgedrückt?“ – „Jedenfalls klang es sonor“

„Diese Flasche Wein war doch für Sie gedacht. Und niemand, der Ihnen während der ganzen Fahrt serviert hat! Was war denn Ihre Rolle bei der Veranstaltung?“ – „Die der Wanderratte“

„„Nur kein Uhrturm!‘ sagte der Kärntner“

„Puis à cet inconditionnel de la marée nous avons donné un carton bleu, et il s’est suicidé!“ – „Wegen des unreinen Reims?“

„Ohne auch nur für einen Atemzug abzusetzen, hast du das Schreibpapier zu bestürmen um die geforderten Formulierungen. Aber die Zeit ist jedesmal um, bevor du auch nur mit einem einzigen Satz zu Rande gekommen sein wirst. Du bist einer der in die Wüste aufbrechenden Eingeborenen, die davor ihre gesamten Vorräte im Kreis um sich auslegen sollen. Keiner der Kreise ist lückenlos, wird auch nur annähernd ein Kreis. Ein Teil der Sachen besteht aus runden Steinen, an denen ihr euch die Zähne ausbeißen werdet. Und keiner der Vorräte wird ausreichen“

„Dort wirbelt, schau, eine Kinderschaukel, das zweite Seil ausgerissen, der Sitz kopfunter“

„Die Liebe zu den drei Orangen.“ – „Und das ist alles?“ – „Für heute ja.“ – „Auf diese Weise lerne ich.“ – „Was?“ – „Nimm dich in acht vor der Trockenheit!“

„Mein Mund ist zu klein für den Salatkopf. Ich der Singer, du der Sänger. Fliegen da Schwalben oder Mücken? Den Pilgern die feineren Netze! Everybody knows …“

„Halt! Da auf Ihrer Schulter, sehen Sie!, ein Käfer. Einer von denen, die, wie sagt man doch?" – „In die Ohren schlüpfen Ein Ohrenschlüpfer? Mit einer Zange vorn? Ich komme nämlich gerade aus dem Wald." – „Das hat gar nichts mit dem Wald zu tun. Diese Dinger sind heutzutage überall"

„Wie heißt er?“ – „Maggi.“ – „Woher kommt er?“ – „Aus Maggiland“

„Du hast mehr als bloß deine Pflicht erfüllt. Den ganzen Tag bist du im Aschenregen gegangen, mit durchlöchertem Gewand. Von Insel zu Insel, mit deinem Alëutenschritt …“

„Zeige dich Lermontows Stottern erkenntlich!“ – „Hat er denn gestottert?“ – „Nein“

„Mir kann nicht passieren, ich bin ein Barbar“

„Das Schuldgeständnis des Mörders ruft das Opfer im Grab zur Auferstehung.“ – „Und das Wort ist Welt geworden“

„Eine Frau ohne Kind ist wie eine Eidechse ohne Schwanz“

„Die drei größten Errungenschaften der Menschheit möchten Sie wissen? Die Institutionen Griechenlands; der Gedanke, daß ein Gott möglich ist; und drittens noch etwas … Die Peripherie! Fernes Glimmen“

„Vierzig Jahre nach dem Kampf um ein selbstgebasteltes Leben! Man muß wirklich das Ohr aufmachen“

„Ich heiße Toleranz und Sieg.“ – „Ich auch.“ – „Ja, da gibt's kein Ausweichen“

„Seit einiger Zeit ist er ein Angehöriger des Werkfastens“

„Zu spät für die Messe – aber immerhin liegen von den Hostien noch ein paar Krümel herum“

„Schon wieder Gewalt! Gewalt um Gewalt!! Und noch mehr Gewalt!!! Hört endlich auf mit der Gewalt, ihr Scheußlichkeiten!!!! Ihr zwei Scheußlichkeiten!! Statt einfach still zu sterben“

„Wie es da wimmelt von zyprischen Namen für das Archipel, und ich verstehe keinen einzigen von ihnen. Was bedeutet zum Beispiel ‚Um'?" – „Die Mutterinsel. ‚Um' und alle die anderen Einsilber im Umkreis: Animismus, die gottbehauchte Welt"

„Wenn ich küsse, möchte ich nie damit aufhören. Das Küssen ist meine Heimat. Deswegen meide ich es, wie ich nur kann. Das Streichholz ausblasen!“

„Der Holunder galt nicht von Anfang an als Kronprinz. Aber als ich dann Abschied nahm im starken Wind –“

„Wie sieht dich deine Mutter aus der Ewigkeit?“ – „In der Hocke“

„Und wieder einmal gehst du nur von einer Station zur anderen. Nichts stößt dir zu. Und das soll ein Buch sein?“

„C’était l’été dernier. Il m’a torturé …“ – „Il était ton amant?“ – „Qui, pour une demie heure“

„Was willst du denn einmal werden, Konstanze?“ – „Ich möchte zum Theater gehen.“ – „Zum Theater? Dort wirst du mich vergessen“

„Was ist die Gefahr an dem Ort, an dem wir schlafen?“ – „Ich bin sein Autor“

„… und im Gewitter wird dir dann die ewige Geliebte erscheinen. Die Zeiten, sie ändern sich.“ – „Und wann werde ich gerettet?“

„Ich freue mich hier an der Fremde, wo ich, stimmt, die ganze Zeit im 200-Meter-Umkreis von der Gepäckaufbewahrung geblieben bin, und möchte doch nach Hause. Nichts als Landkarten zum Einpacken – da: *Quacks am Atlantik* –, und trotzdem geht der Koffer nicht zu. Und da: verstreut am Boden meine Haustürschlüssel, der eine zerbrochen, der andere aus Papier: eine bloße Photographie, ein Zeitungsausschnitt“

„Jetzt hast du mich also geküßt, meinen ganzen Mund, mit deinem ganzen Mund. Was soll denn aus uns werden?“ – „Keine Angst. Es wird schon“

„Une bonne idée!“ – „Ja, die Franzosen haben gute Ideen. Auf zum Tigerwirt, zur Frau mit der roten Orange!“

„Gefalle ich Ihnen?“ – „Nein. Aber Sie mißfallen mir auch nicht. Das heißt, daß Sie mir vielleicht eines Tages gefallen werden“

„Meine Vorfahren sind mit Sklavenschiffen aus Afrika gekommen." – „Aber Sie sind doch weiß und blond!" – „Ja, und? Endlich sehen Sie mich"

„Indem du dich von selber eingemeindet hast in mein Geheimnis, bist du nicht mehr erwünscht im Durchgangssaal meiner Ungewißheit"

„Lange Zeit hat er im Gerümpelschuppen der Kirche gelebt, grau in grau. Nur zu Weihnachten kam er ins Grünen. Und jetzt grünt er und grünt er. Das erste Leben gilt nicht!" – „Es hat an der Tür geläutet!" – „Nicht hingehen. Nicht aufmachen. Das erste Läuten gilt nicht"

„Eine ‚Spur', überhaupt ‚Spuren', das heißt: Kinderhaare und Puppenkleider werden klein geschnitten und in Stoffsäckchen gestopft, und diese werden dann auf den Weg, die Wege gestreut"

„Nächstes Jahr, da trauen wir uns was, da gehen wir in den Wald, wir zwei." – „Bingo!"

„Sie, der Sie aus der kaufmännischen Einsamkeit kommen …“ – „Jetzt werden Sie ironisch.“ – „Ich bin nicht ironisch. Und wenn …“

„Deine Schenkel haben sich nie als Schenkel um Schenkel geschmiegt!“

„Wir haben uns falsch eingereiht, das ist nicht die Fahrspur für das County der Neu-Anlauf-Nehmer." – „Wir können immer noch zum Bräustübl nach Atlanta fahren." – „Deswegen bin ich doch nicht nach Amerika gekommen!"

„Die einen können direktwandern, die andern nicht"

„Wenn du doch das Wasserverschwenden vermeiden könntest, Kind!“ – „Das schaff ich nicht, Vater, ich bin nicht wie du“

„Ist das nicht der Steilhang vom gestrigen Schirennen?“ – „Ja, und heute wächst da das Sommergras“

„Nie und nimmer wirst du in mich kommen, nie und nimmer werden wir ein Paar. Nie und nimmer werden wir zwei parallel sein. Nie und nimmer wirst du der König sein"

„Pan ist alles. Komm dich waschen!"

„Ihr, die vielen, ich die Wildwüchslingin, die *Samorastnika*. Gekippt in die Brennesseln, auferstanden aus den Brennesseln, ohne euch, fern von euch, für immer allein, frei von euch, Hallelujah!“

„Ich bin die erste Kabylin mit einer Krone auf dem Kopf. Die Berberin als Königin, eure! Wer wird mir aber meine Texte schreiben?“

„An meinen freien Wochenenden meide ich den Anblick des Buckingham Palace“

„Ich frage mich: Ist dein Nichthandelnkönnen ein Versagen, oder ist es von der Natur angelegt, als Zögern, zur Überbrückung?“

„Wer seid denn ihr?“ – „Wir sind die Jünger des Johannes.“ – „Und wohin geht ihr da?“ – „Wir gehen den *normal people* hinterher.“ – „Und wer kommt nach euch?“ – „Der Jünger Johannes“

„Den Mantel nicht in die Fichte hängen! Sie bricht!“

„Frag den Propheten, dessen Wort ein wahres ist, das heißt, ein ganzes“

„Ich bin kein Gewächs für ein Treibhaus.“ – „Dein Name?“ – „Drei Uhr Angst“

„Vergleiche das Buch unter dem Wirtshaustisch mit dem Film in der Ruine.“ – „Das sind zwei verschiedene Welten“

„Die Zimmerleute nutzen die Arbeitslosigkeit zur Besinnung. Und die Maurer?“

„Komm, schau, wie es vergeht!“ – „Was?“ – „Ein, zwei, drei …“ – „Nein!!“

„Sie bekämpfen einander Tag für Tag auf Teufel komm raus. Und heute werden sie heiraten“

„Wo liegt Sankta Anna?" – „Im ersten Stock; nichts als Gerümpel"

„Und ist schon einmal ein Kind verschwunden?" – „Das ist nicht im Interesse der Familie"

„Woher kommen Sie?" – „Aus Finnland." – „Vor einem Jahr war ich in Helsinki und bin auf dem Eis ins Tanzen geraten." – „Um nicht zu fallen? Wie gerade jetzt?" – „Ja"

„Ist deine Mutter zuhause?“ – „Ich glaube“

„Die Länder verschwinden zusehends von der Erdoberfläche, jede Stunde ein anderes“

„Einem Österreicher genügt es nicht, heimzukehren“

„Mein Gebet erhört, näherte ich mich spürbar dem Abgrund“

„Madonna, where do you go?“ – „I don’t know.“ – „Stand by me!“

„Pfingsten steht im Wörterbuch“

„Manchmal fehlst du mir.“ – „Hört, er hat mich gerade beim Namen genannt!“

„Was gibt’s zu essen, Küchlein?“

„Mach’s gerade, Vater!“

„Es gibt keine wichtigere Falte als die Sakir-Falte“

„Habakuk war hundertzwölf und lebte sechsundfünfzig Jahre bei den Schiffen im Hafen. Er sah sehr gut aus. An seinen Haarschopf kann ich mich nicht erinnern …“

„Fuck.“ – „Sprich nicht so.“ – „Das ist Dorfsprache. Im Village muß man so sprechen“

„Mit kalten Händen kann ich keine Frau angreifen.“ – „Wirklich?“ – „Wirklich“

„Wäre ich ein Priester, würde ich eleganter in meine Gewänder finden“

„Und morgen?“ – „Schwerwerden der Stirn“

„In der Stunde der Auferstehung suche dein Heil“

„Ich bin der alte Diener Avaro aus Navarra. Die nackte rote Erde an den Ufern des Ebro hier zieht die Selbstmörder an. Auch ich persönlich … Aber heute sehe ich das einmal ein bißchen anders“

„Mit einem Echolot ist es dort unten nicht mehr so arg wie am Anfang. Du wirst sehen, du hast Platz.
‘Οράεαις σε οτερεῖν

„Haben wir uns nicht schon einmal getroffen?“ – „Ja, im Herbst 1972.“ – „Aber da waren Sie doch noch gar nicht geboren!“ – „Stimmt“

„Wir brauchen eine Handlung, die vorantreibt, ein Drama, das in die Zukunft sehen läßt. Eine Möglichkeit wäre der Walzer“

„Un homme m'a vu
dans la rue“

„Der Wechselgang von Realität und Angst“

„Ich trat heute morgen ans Fenster und weinte. Nein, ich weinte nicht“

„Ich bin die Besitzerin von mehreren Fitneßzentren. Und jetzt zeige ich dir mein höchstpersönliches Fitneßzentrum. Komm herein“

„Eines Tages werde ich arbeiten wie jeder andere“

„Ich habe für heute acht Optionen offen“

„Ein jeder, der rätselt, ist willkommen“

„Dieser Hund hat mich gebissen. Aber es tut nicht weh, die Zähne waren tiefgefroren"

„Ich bilde mir ein, allgemeingültig zu sein, und getraue mich, dir deinen Gruß zurückzugeben"

„Hallo, guten Tag!" – „Wer sind Sie?" – „Ja, kennen Sie mich denn nicht?" – „Wie denn, hier im hohen Gras?"

„Wo ist dein Beruf angesiedelt?“ – „In den Augenwinkeln“

„Da ein Henkel, dort ein Henkel“

„Die Flasche da gehört zu dem Gentleman am anderen Ende des Tisches.“ – „Und wer ist der zweite Herr dort?“ – „Ein Schirmpilzsucher aus Lothringen“

„Ein junges Mädchen, das seinen Vater ohrfeigt, das muß vom Propheten Elias abstammen!“

„Und weil vor Schmerz wir alle gelacht haben, werde ich gegen Abend noch ein paar Sätze aufs Papier werfen“

„Heute habe ich noch nicht meine Geister beschworen.“ – „Und wie geht das vor sich?“ – „Unter Anleitung des Buches ‚Walzer und Kind‘“

„Crimen Christi!“

„Diese Linde steht so kräftig da, als flösse meine Tinte in ihr“

„Ich habe absolut nichts zu sagen, nichts und niemandem, vom Boulevard de Sébastopol bis zum Boulevard de la Chapelle!“

„Haben Sie schon einmal daran gedacht, Ihren Mantel da zu verkaufen?“ – „Nein, ich möchte ihn tragen bis zum Sterben“

„Ob sich der Himmel zufrieden gibt mit einem Baum in Einzelblüte?“

„Ich kann nichts. Ich freue mich.᾿Ονοῖν! Es nütze!“

„Ich kann sagen, daß sich mein Fall sehr positiv entwickelt hat: Ab morgen lerne ich portugiesisch“

„Der Krebskranke ist der Spion aus der anderen Welt“

„He, du!“ – „Ach, du bist’s. Gehen wir möglichst bald in ein Hotelzimmer!“ – „Und was tun wir dort?“ – „Höllisch tanzen und herumspringen. Die Kristalle der Melancholie …“

„Vor zwölf Jahren war ich zuletzt in Ihrem Lokal." – „Ja, damals sind Sie von einem Biwak auf dem Haimburgerberg gekommen. Mein Sohn hatte das Biwak gebaut. Er war Dachdecker. Erinnern Sie sich?" – „Ja …" – „Nein, Sie erinnern sich nicht." – „Damals war Ihr Lokal noch keine Pizzeria." – „Aber es gab schon gebackenen Tintenfisch als Vorspeise"

„Warst Du schon in München?“ – „In München? Nein. Aber gerade habe ich es erlebt, als ich den Namen aussprach, als Hauch auf meinem Unterarm: München im Schnee.“ – „Und wo ist der Schlitten?“

„Jetzt zeige ich dir noch, wo ein Kind auf uns zukommt!“ – „Bis wo wir niemand sind?“

„Aber haben die Franzosen nicht gesagt: ‚Ach, wär' ich schon ein Urteil!'?"

„Die kleinen, stillen Fliegen in der Küche: du mußt sie nicht kaufen, du kannst sie auch mieten"

„Wohin des Weges?“ – „Hinaus dort in die Steppe, wo es so blau blüht, und ein wenig davon einheimsen.“ – „Das können Sie auch hier haben. Hier: unser Katalog, da können Sie es sich aussuchen, und wir liefern Ihnen frei Haus“

„Und jetzt in meine Arme! Und wer verliert, der muß dann in der Nacht etwas tun.“ – „Oder lassen!“ – „Wie warm er ist, dein Rücken. Ich muß in dich hinein, sonst verliere ich meine Identität, sonst bin ich nicht mehr, der ich bin.“ – „Aber du hast doch Zeit. Wir haben doch Zeit.“ – „Nein, dann ist es zu spät. Es muß jetzt sein. Jetzt in dich! Ich muß, als Araber!“ – „Warum? Warum?“ – „Gott will es so. Sprich nicht mehr! Still!“

„Weißt du noch, wie wir damals im Gasthaus ‚Zur Aussicht' gesessen sind?" – „Hieß es nicht eher ‚Zum Ausmaß'?" – „Es war im Pinzgau, und Du wolltest unbedingt Bordeaux trinken und hast ein Kind zum Kaufen geschickt." – „Und du hast deinen Rock geflickt und dein Knie als Nadelkissen benutzt – und wie die Frau dir dann die Hand aufs Knie gelegt hat …"

„Was für einen Sinn hat ein Leben ohne Tau?“

„… und dann hat die Wut des Schäfers das Blau des Himmels und das Gelb der Steppe entfärbt“

„Wie öffnet sich denn diese Parkplatzschranke?" – „Der vierte Nerv, der vom inneren Auge zum Gehirn führt, hat die Aufgabe, Farbe und Schimmer von Haselnüssen weiterzuleiten. Du brauchst also nur den Haselstrauch da ins Auge zu fassen, und die Schranke öffnet sich." – „Aber sie öffnet sich nicht!" – „Weil du die Nüsse nicht richtig angeschaut hast." – „Stimmt: als es geblitzt hat, ist mir was anderes durch den Kopf gegangen"

„Wie groß ist der?“ – „Ein Meter fünfundneunzig.“ – „Und wie groß ist er jetzt?“

„Es ist nicht alles eßbar, was im Meer schwimmt“

„Ein Rucksack voll Pfifferlingen von der Saualpe, das ergibt wieviel Rowohlt-Taschenbücher am Hauptplatz von Völkermarkt?“

„Sie haben viele Bewunderer." – „Viele Bewunderer sind schon tot, und auch ich werde bald sterben"

„Seit Anfang des neuen Jahrhunderts ist zu beobachten eine zunehmende Verwendung des Wortes ‚Himmel' als Schimpfwort und Verwünschung: ‚Verfluchter blauer Himmel!', ‚du Himmeldrache!' ‚Fahr zum Himmel, Bastard!'"

„Der Blick über die Schulter funktioniert nicht am Meer"

„Das ist ein Gedicht.
Ich lese es euch vor:
‚Ein junge Frau sitzt auf der Brücke,
Ein Kind sitzt neben ihr,
Die Sonne scheint,
Das Wasser rauscht,
Der Bussard kreist im Blau.
Eine Frau sitzt auf der Brücke,
Vielleicht bin ich schon tot'"

„Ich werde die Vorstellung meines Geburtstags erfinden und warten auf Ihre Analyse“

„Pilgerfahrt bei Glatteis, Übernachten im Bus, der sich um sich selber dreht – du hättest das wissen müssen“

„Dieser Physiker zimmert Schränke – aber du braucht wohl keinen –, und er fügt feste Worte und flüssige, wie ‚Standardblüte' und ‚Koran'"

„‚Was man mit Fleiß und Phantasie doch alles erreichen kann!' hat er gesagt vor seinem Tod. Und was tut *sie*? Sie bleicht sich die Haare und kauft sich einen Steireranzug!"

„Braunroter Schlamm quoll weg vom Birnbaum. ‚Warum seid ihr bloß diesen Weg gegangen?‘ sagte ich zu meiner Gruppe. Keine Spur mehr von den zwei Alten, die einmal die ganze österreichische Literatur tyrannisiert hatten. Es roch nach Reiskuchen. Die Zeit würde spitz sein an meiner Seite“

„Da, der Knabe mit der Roten Weste. Aber es ist mir neu, daß er läuft. Und daneben das flötenspielende Kind! Dieses Bild von Cézanne war mir bis jetzt unbekannt. Und im vorigen Saal meine eigenen Bilder – seltsam, sie sind noch immer nicht abgehängt … Aber jetzt will ich doch nachschauen, was mit *unserem* Kind dort hinten im Garten ist. So gellend geschrieen har es vorhin!“ – „Wenn du nicht bald zurück bist, gehe ich. Ich habe genug gesehen.“ – „Dann also bis morgen!“

„Und wenn die Insassen im brennenden Flugzeug vor dem Absturz ins Meer, wie die Passagiere der Titanic, zuletzt noch gesungen haben?“

„…“ – „Ich habe nichts verstanden. Noch einmal!“ – „…“ – „Sprich lauter! Ich höre schlecht.“ – „Ein Buch ist mir erschienen“

„Jedes Bergwerk hat seinen Grund“

„Daß dich dein Vater ehrt
und daß dir die Mutter nachplärrt,
wenn du mit runden Nägeln
über die Tasten fährst!“

„Kein Wunder, ihr Selbstmord, bei einem Herzen an unbekannter Stelle“

„He, warum krallst du die Fingernägel in meinen Arm?“ – „Ich bin ein Angehöriger der Religion des Schmerzes“

„Ich habe mein Leben damit zugebracht, meinen Körper zu versetzen“

„Kannst du einen Luftröhrenschnitt machen? Ich habe einen Löffel verschluckt“

„Es gab einen Lachs, der vor dem Frühling sprang, und der zeigte das Maß der Freude“

„Thonetstühle am Meer, das paßt nicht zusammen“

„Drei Firmlinge sind ineinander übergegangen.“ –
„Bei zweiundvierzig Grad“

„Urmutter, hast mir das Haus grau gemacht“

„Was vergangen ist: Hilflos beginnt's"

„Der Ausnahmezustand ist verkündet." – „Was gibt's zum Nachtmahl?"

„Seit jeher hat er sein Kind betrogen. Aber mit wem? Aber wie?"

„Auf die Frage meines Kindes: ‚Welche Form hat diese Lampe?', würde ich antworten: ‚Es ist eine Zylinderkugel!'"

„Heute ist die Schönheit erschienen. Hören wir auf, in Lichtjahren zu rechnen!"

„Nachdem die Dänen den Schatz untersucht hatten, war nichts mehr da"

„Wir vermeiden es, nachdenklich und emotional zu sein“

„Lassen wir das Nachschlagen. Finden wir gemeinsam die Fragwürdigkeiten!“

„Man ist zu schnell im Haus“

„Es kann zur Schrift kommen, aber es kann auch zu nichts kommen"

„… und seine Politik der leidenschaftlichen Parteilosigkeit"

„Ah, viele wollen mehr Pracht!"

„Papa! Je ne peux plus!“ – „Mets-toi à l’ombre“

„Hängen Sie Ihre Mäntel in die Garderobe, bei uns wird nicht gestohlen. Und wenn –“

„Wie eine Geschichte spielen lassen in einer Stadt ohne Fluß?“

„Als ein Kind begegnet man sich vor allem in einer anderen Sprache – diese dichtblühende Stelle, die dich befürwortet"

„Fühl mit mir – umarme mich!"

„Das Vernehmen ist nun, daß ‚übriggebliebene Blumen' der ‚Mond' waren …"

„Woher sind Sie?“ – „Ich bin von hier.“ – „Sie lügen. Sie sind von woanders, von ganz woanders.“ – „Ich habe keinen Vater mehr, ich habe keine Mutter mehr, ich bin von hier“

„Ein Haarwirbel oben, ein Schweißwirbel unten, und dann ist’s gewesen, auch für eine Anfängerseele“

„Kein Schneidezahn mehr! Auf den Frühlingszähnen die Blüten vergehen lassen. Und dann zu Solveig“

„Unterm uralten Dach die Stube: Ich habe mich so gefreut, daß ich mich dann noch mehr gefreut habe“

„Entweder gewöhnt man sich an Nachtmenschen, oder man gewöhnt sich nicht an Nachtmenschen. Ein Drittes wird nicht gegeben“

„Gute Luft mit dir. Vom Stierblut früher war die Luft so feucht.“ – „Warst du denn ein Torero-Liebchen?“

„Und wer von euch will nach Moskau?" – „Ich. Nackt!"

„Und was haben deine Eltern im Krieg gemacht?" – „Das kann ich nicht erzählen, ich muß mich erst betrinken"

„Er ist der Nackte, um den, laut Sprichwort, alle streiten"

„Er lacht, weil Frühling ist.
Weil er lacht, ist Frühling"

„De toi à moi, quel long chemin!"

„Ein Sufi muß flüchten, wenn er noch flüchten kann"

„Was ist zu machen mit dem Bild?“ – „Nichts. Aber es ist da“

„Wo ein Wasser fließt, kann mein untergehendes Kind nicht ausbleiben“

„Da wären wir.“ – „Ja, da sind wir.“ – „Nein, da wären wir“

„So treffen wir uns wieder, jeder an einem anderen Tisch“

„Sie hat viel Lebenslust, von oben bis unten, und von unten bis oben. Aber sie hat kein Glück, sie ist nicht wählbar.“ – „Erzähl weiter!“ – „Ich bin doch kein Alleinunterhalter. Wirf selber ein Steinchen ins Wasser“

„Spinoza lobte die Luft als bloßes Gerät“

„In Jerusalem Abendmahlsaal zu vermieten“

„Spielende Kinder, oben aus dem Weltall gesehen.“ – „Und was spielen sie?“ – „Nichts. Sie sitzen auf Bänken vor dem Gasthaus ‚Zum Segen‘“

„Er lehnt es ab, einen Gedanken zu denken, der noch nie gedacht wurde“

„Die Menschen werden auf die Treppen gedrängt.“ – „Schön ist nicht immer schön, und Schwarz ist am Ende nicht Schwarz“

„Bist du eitel?“ – „Ja, in den Zwischenzeiten“

„Und daß ihr nicht wieder lümmelt im Gras ohne Hoffnung!“

„Was macht die Liebe, Isabelle?“ – „Vielversprechend. Mehrere Unbekannte in der Gleichung …“

„Komm mit in den Bus nach Chicago! Sechs Stunden Fahrt. Zwölf. Vierundzwanzig. Schneematsch. Marianum!“

„Ich weine über alles, und das ist meine Rettung“

„Was die Langsamkeit betrifft, so ist sie zu loben, außer in bestimmten Situationen“

„So hör doch auf zu weinen, die Tinte ist ja nicht ausgelaufen über das Buch – nur über die Zeitung! … Na, weine ruhig …“

„Es fehlt noch eine letzte Strophe,
in der du ich wärst,
und ich wär du"

„Fünf Tage im Etagenbus: Weltwunder! Dann aber in der Falle ..."

„Den Weltstaub von den Flügeln verloren; Heimwärtsdrang"

„Lieber Zimmermann! Lieber Herr Zimmermann! Lieber Vater Zimmermann!“

„Zwei Minuten auf der Strafbank wie im Eishockey: das wäre auch etwas für dich!“ – „Wollt ihr mich denn loshaben?“ – „Ja. Sechs, fünf, vier, drei, zwei, eins –“

„Der Diktator hat mit Selbstmord gedroht“

„Schon dreimal war ich … – ach, zählen, das Verderben der Liebe“

„Und als letzter wird sprechen P. H., der Rebell.“ – „Ich bin kein Rebell“

„Reicher, kommst auf'm Kamel durch's Nadelöhr in'n Himmel"

„Warum darf ich nicht Meßdiener sein?" – „Du bist nicht fromm, mein Kind"

„Es gibt halt Paare, die kommen nie zusammen"

„He, träumen Sie?“ – „Ach, der Seelenschutt. Und keine Schubraupe in der Etage …“

„Wie oft bin ich ausgerutscht im Leben – und erst im Traum“

„Warum wird nicht allen Menschen das Licht zuteil, das eine Zeitlang auf Chippa Dakota ruhte?“

„Guten Morgen, liebe Hörer: Hier ist der Saarländische Rundfunk mit keinen Nachrichten“

„Eine Landschaft fällt mir ein, in der aus Ich Wir wird. Schöne Historie. Servus, Schatz!“

„Mögen Sie Heidelbeeren?“ – „Nein.“ – „Wie kann jemand Heidelbeeren nicht mögen?“

„Warum sitzt sie, sitzt und sitzt?“ – „Der Zug hat abrupt gehalten, das hat ihr das Genick gebrochen.“ – „Wie ungerecht, so ein Tod.“ – „Und niemand, der sie begraben wird …“

„Finden dauert länger als Suchen“

„Du sollst im Guten gelacht haben, als du an den Wänden zweimal das gleiche Gemälde sahst, und das erzählt man zu deinen Gunsten“

„Nachdem das Gerücht auf Umwegen zu Heinrich Böll gekommen war, wurde es wahr"

„So werden wir also morgen abend umschlungen durch den Graben gehen!?" – „Ja"

„Ich habe das Bedürfnis nach einer Farbe. Kein Blau. Und auch kein Rot." – „Sondern?" – „Brokat"

„Ich gelte als der beste Kanzler seit dem Krieg. Und Sie, sind Sie nicht der Kriegsverbrecher?" – „Nein, ich bin P. H." – „So seien Sie begrüßt bei der Kartoffelnachlese nah der Feenwelt!" – „Hätte ich das gewußt, wäre ich mit meiner Harke gekommen." – „Auch so sind die letzten Erdäpfel schon von weitem zu riechen"

„… und dann sind sie gestorben … es kamen ein paar Worte noch von ihnen … ein ‚Ich' war nicht darunter …"

„Was können Sie unseren Hörern zur ‚Mitternacht' sagen? Welche Rolle spielt in Ihren Scheiß-Büchern die Mitternacht, Herr Anzengruber?"

„Und dann habe ich ihn verprügelt. Nein, nicht verprügelt: Zwei Ohrfeigen habe ich ihm heruntergehauen. Nein, nicht gehauen: Gegeben habe ich sie ihm“

„Hinten im Garten traf er auf seine Ehemalige, die noch naß war vom anderen. Sie weinte“

„Als ihr endlich alle vollzählig wart – zuletzt kam die Gastgeberin, zurückgehalten beim Zahnarzt in England –, bist du aufgewacht. Erinnerst du dich? Erinnere dich!" – „Was für eine Anmaßung!"

„Ich kann in der Sekunde 5,2 mm Fingernägel kauen"

„Meinen Hirnhautdonner kann ich selber erzeugen“

„Ich bin mir meiner Lage bewußt und folglich durchschaubar bis auf die Knochen und die Wangen“

„Während der eine Herr Namenlos, wenn auch umstritten, weltberühmt ist, ist der andere Namenlos unumstritten namenlos.“ – „Ai, ai, ai! In einer Woche werden die Dinge anders aussehen!“

„Du ißt ja mit einer Gabel – sogar mit zweien! Links, rechts, rechts, links! Umso besser“

„Es gibt Leute, die kommen irgendwohin, und alle Dinge werden zum Indiz“

„Ihr Buch über die Süddeutschen wird in der heutigen Zeitung sehr schlecht besprochen.“ – „Aber ich habe doch schon lange kein Buch mehr geschrieben, und schon gar keins über die Süddeutschen. Bringen Sie mir bitte die Zeitung.“ – „Tut mir leid, ich finde sie nicht mehr“

„Heute kein Kissen aufheizen für uns beide, mein Lieber! Bin ausgeflogen“

„Warum schütteln Sie Ihr Riesenbett nur an der einen Seite auf?“ – „Für mich allein genügt das.“ – „Und die andere Seite bleibt leer?“ – „So ist es“

„Muß ich also schon wieder Daniel Perlmutter heißen?“ – „Du kannst! Du darfst! Oder willst du lieber den Alois Brandschaden spielen?“

„Wie hieß nur das Wort? ‚Hälfte'?" – „Nein, eine Silbe war anders." – „‚Wüste?" – „Ja. Und so viel Schnee. Immer noch Schnee …"

„Als nach langem Warten klar wurde, daß kein Ersatzbus mehr kommen würde, beschloß er aufzuwachen"

„Alle gehen mit Ihnen so selbstverständlich um, Mademoiselle. Alle sind Ihnen sogleich nah. Ich kann Ihnen versprechen: Mit mir wäre das anders"

„Bedrücktsein, deine Tugend. *Da* spielt sie, die Angst“

„Seit meiner Liebe zu Ihnen wird mir auf die Insel kein Proviant mehr geliefert“

„Sie ist die erste Frau seit Eva Braun, die aus ihrer Herkunft einen Glauben macht.“ – „So ist sie eine Negerin? Auf zur Eucharistie!“

„Schau, der Tote liegt da in der Haltung eines Grenzpfostens“

„Allein oder nicht allein – so oder so schlechtes Gewissen“

„Was soll mir die Heimat – die Sonne tut’s auch!“

„Oh weh, ein frühes Tor!“

„Eines Morgens hatte sie die Frau in sich satt und warf sie über die Schulter“

„Schau die Blumen auf dem Eisteich, getanzt von John Cheever!“

„Was, wenn der Johnny Depp dort in der Suite am Central Park nur eine Attrappe ist, und der wahre ist der Waterboarder hier, der sich dabei zugleich von einer Hure die Zehen lecken läßt?“

„Immer bekommt ihr die Nummer Eins beim Reservieren, liebe Eltern, während unsereiner mit einer zweistelligen Zahl abgespeist wird, und eure Enkel gar mit einer dreistelligen. Das ist nicht gerecht!"

„Mein innerer Anstupshund hat mich angestupst und gesagt: ‚…' – Und so ist die Zeit vergangen

„Nur Romantiker schaffen etwas“

„Wo wohnt die Freude?“ – „Im Blick über die Schulter. Aber heute ist sie ausgeflogen“

„Hörst du sie, die Einsekundenmelodie?“

„Ich finde meine Wahlkarte nicht. Ich hatte sie in meine Schuhe gesteckt, und vor dem Betreten des Wahllokals habe ich diese ausgezogen. Und dabei muß mir die Karte abhanden gekommen sein. Kann ich auch so wählen?“ – „Ohne Wahlkarte? Im Prinzip ja. Aber barfuß? Da muß ich erst nachfragen“

„Nirgendwo gibt es etwas, das einen in die Arme zurückbringt“

„Man bildet sich etwas ein, und es ist keine reine Einbildung“

„Jetzt ist der Moment, sie mit ihren eigenen Waffen zu töten“

„Ich kann es beschwören: Man braucht mich nicht mehr, man ist bereits woanders (*Aimé Césaire*)“

„Mutter, warum bin ich nicht ernst?“

„Er ist in die Welt gekommen, um herunterzuspielen“

„Die Tugend steigt ein in das Gefängnis hinter den Wäldern“

„Gegen Ende des Konzerts drehen alle dem Sänger den Rücken zu“

„Warten Sie zwölf Minuten, und die Straße fällt unter meine Jurisprudenz“

„Für dich wird keine mehr naß werden“

„Bis Samedan ist es noch weit“

„Für ihn gibt es keinen Neubeginn – auch nicht durch noch so Neues“

„Wohnt dein Vater immer noch in dem Eckhaus von Ephesos? Und leidet an dem Ephysem?“ – „Don’t worry, be happy!“

„Ich lade dich ein und mache weiter“

„Hier stampfst du auf in deiner Tafelrunde, während du woanders nur auf der Stelle träufelst“

„I was drowned, ich bin ertrunken in Mexico, in einer Wiederholung von Anapästen“

„Es ist nicht mehr gut, als Dichter nach Görlitz zu reisen“

„Diesen Schmerz werde ich mir nicht entgehen lassen“

„Er setzte sich an den Flügel und wußte schon mit dem ersten Ton, daß er gewonnen hatte“

„Die Toten nehmen Form an in Kristall“

„Johnny Cash left a lovesong for nobody“

„Vor einem Jahr hatte sie einen Liebhaber, ich weiß nicht welchen“

„Hierbleiben macht schlechtes Gewissen“

„Die vollkommene Lüge, die unwiderlegbare, wie kommt die zuletzt doch ans Licht?“ – „Ja, wie? Wie?“

„Ich möchte Sie fragen, wo P. H. ist? Wann haben Sie ihn zuletzt gesehen?“ – „Aber da geht er ja!“

„Ich komme aus dem langweiligsten Ort der Welt und nehme gerade an dem Wettbewerb teil, ihn umzubenennen.“ – „Und der Name des Orts?“ – „„Langenleutleben“‘

„In einer Tragödie tritt kein Tragöde auf“

„Wo schläfst du denn, Alice?“ – „Drüben im Justizministerium.“ – „Dann bin ich beruhigt. Ich habe mir nicht vorstellen können, daß du einen Ort zum Schlafen hast“

„Lassen Sie mich raten, wer Sie sind. Sie sind, was man früher einmal einen Mann der Feder genannt hat“

„Da geht sie.“ – „Wohin geht sie?“ – „Nachhause.“ – „Das ist aber die falsche Richtung!“

„Er wird das Kind schon schaukeln, er ist ja kein Mädchen“

„Was gibt’s zu essen?“ – „Nichts. Mein Vater hat sich steif gestellt, als ich ihn darauf ansprach“

„In keiner Dachwohnung wurde so viel über ‚Geist und Leere' diskutiert wie mit Camus"

„Verständlich, daß du fürs Weiterkommen einen Satz als Segel hißt"

„Niemand mehr da! Gehen wir!"

„Bald geht's mit dir in die Grotte von San Gabbiano"

„Die Fliege da in meiner Hand, sie ist meine Tochter. Schaut her, sie kann sich sogar unsichtbar machen!" – „Sie sollte ein Drehbuch schreiben!"

„Ist der Ihr Liebhaber?" – „Zur Senkrechten meines Betts ist er nicht vorgedrungen"

„Wenn man das Wort intensiv anhaucht, wechselt es die Bedeutung zu ‚Rot'"

„Sie hat mich kurz nach Mitternacht zu sich eingeladen und ist dann vor meinen Augen eingeschlafen"

„Du, das hat alles mir gehört. Und jetzt ist es unser"

„Eminem hat mir gesagt: ‚La musique est comme l'aube. Die Musik ist wie die Morgendämmerung'"

„Meine Nachbarin, Frau Klein, hat ihren Namen gewechselt, als wir uns küßten, und hieß auch nicht mehr Nachbarin"

„Seit Jahren hat niemand mehr auf mich geschossen"

„Au pied d'un arbre elle a consommé et consommé"

„Und so kam es, daß der Priester standhaft seinen Glauben verriet"

„Es ist so schön in deinem Schloß!" – „Ja, und deswegen will ich niemanden drin haben"

„Hirnschlag nach Lissabon“

„Ja, Schreiben ist ein Fünfkampf“

„Und der Weg, benannt nach der Dichterin, soll heißen ‚Unter-Ferner-Liefen-Weg‘“

„Und so kam es zu dem gierigen Schwirren der Albaner an den Hundstagen"

„Was ereignet sich neu, wenn du mit dem Zug nach Kärnten fährst?"

„Brüder, liegt nicht so herum im Schatten der Bitternis!"